Der blaue Himmel über Corona

Die Autorin

Susanne Wirtz, geb. 1964, studierte Geschichte,
Judaistik und Politik. Als freiberufliche Autorin
beschäftigt sie sich mit den zentralen Themen des
Menschseins, Israel und dem Nahen Osten. Sie hat drei
erwachsene Kinder und lebt in der Nähe von Köln.

Susanne Wirtz

Der blaue Himmel über Corona

Tagebuch

Bibliografische Information der Deutschen Nationalbibliothek:
Die Deutsche Nationalbibliothek verzeichnet diese Publikation in der
Deutschen Nationalbibliografie; detaillierte bibliografische Daten
sind im Internet über http://dnb.dnb.de abrufbar.

Herstellung und Verlag: BoD – Books on Demand, Norderstedt

ISBN: 978-3-751-950-398

Fliegen!

Am Anfang ist die Ungläubigkeit. Die Leipziger Buchmesse, auf die ich mich so lange gefreut habe, ist abgesagt, weil ein Virus namens Corona seinen Weg von China nach Europa gefunden hat. In Deutschland sind bis zur ersten Märzwoche bereits 1000 Menschen infiziert und zwei verstorben. Um die weitere Ausbreitung einzudämmen, werden Großveranstaltungen verboten. Doch so schnell gebe ich mich nicht geschlagen und finde heraus, dass zumindest ein Teil des Begleitprogramms „Leipzig liest" stattfindet. Meine Freundin Bettina rät mir von der Reise ab und schickt über WhatsApp ein Foto der fast völlig verwaisten Schalterhalle des Köln-Bonner Flughafens. Aber das schreckt mich nicht, aus irgendeinem Grund beziehe ich vermeintlich oder tatsächlich drohende Katastrophen nicht auf mich und bin daher auch in Bezug auf Corona nicht beunruhigt. Allenfalls verspüre ich eine allgemeine Hemmung, wie sie sich bei mir vor jedem Aufbruch ins Unbekannte einstellt. Gleich, wohin die Reise geht, ob ich mich alleine, mit Partner oder Freundin auf den Weg mache, immer ist da dieses seltsame Gefühl, das sich durch die Absage der Buchmesse und „die allgemeinen Umstände" allenfalls um Nuancen verstärkt hat.

Um acht Uhr stehe ich am nächsten Morgen mit meinem neuen Rollkoffer in der angekündigten Leere vor dem Check-in und ergattere später im Café Kamps einen Platz am Panoramafenster. Ich genieße den Blick auf das Vorfeld und mit jedem Schluck des heißen Kaffees breitet sich die Flug-Vorfreude in mir aus, die ich seit Kindertagen kenne. Ein oder zwei Sonntage vor dem Urlaub nötigte ich meine Eltern, zum Flughafen zu fahren, wo wir von der Besucherterrasse das Geschehen auf dem Rollfeld mit einem Fernglas beobachteten. Wie höhenversetzte Glühwürmchen näherten sich die Flieger der Landebahn, wo sie von den gelb-schwarz karierten „Follow-Me-Autos" erwartet und zu ihren Parkpositionen geleitet wurden.

Ich stelle die leere Tasse vor mir ab. In regelmäßigen Abständen fordern Durchsagen zur Nutzung von Desin-fektionsmitteln auf und bitten um Verständnis für eventuell auftretende Unannehmlichkeiten. Einige der vorbeilaufenden Passagiere tragen Mundschutz, was auf mich fremd, fast lächerlich wirkt!

An diesem Märztag zieht Deutschland an mir vorüber. Im Morgendunst die schwarze Gestalt des Kölner Doms, die Alpengipfel bei der Zwischenlandung in München. In spitzem

Weißgrau säumen sie den Horizont und erinnern mich an die Wanderurlaube mit meinen Eltern. Ich konnte der Kraxelei in Tirolerjäckchen und Kniebundhosen nur wenig abgewinnen, weswegen ich die Alpen jenseits meiner Kindheit nur noch durchquert oder überflogen habe. Nachmittags schließlich taucht unter den Tragflächen glitzernd die Leipziger Seenplatte auf, während sich im Hintergrund bereits die überschaubare Skyline der Stadt abzeichnet.

Leipzig

Zuletzt war ich kurz nach der Wende mit meinem Exmann in Leipzig. Wir wohnten bei einem älteren Ehepaar in einem kleinen Haus im Stadtteil Mockau. Ich erinnere mich an das liebevoll zubereitete Frühstück mit den DDR-typischen Fettbrötchen, die sich von Westbrötchen weniger im Fett- als im Luftgehalt unterschieden. Dazu gab es Wurst, Käse, „Mormeloode" und zwei Eier in dünnwandigen, knallbunten Bechern.

Nachdem ich mich im Hotel eingecheckt habe, mache ich mich auf den Weg zur langen Kriminacht im Central Kabarett. Die Atmosphäre im „Blauen Salon" ist ebenso stilvoll wie heimelig. Ich setze mich zu einem einheimischen Ehepaar an den Tisch, das sich als Ralf und Gudrun vorstellt und über meinen Wohnort scherzhaft die Nase rümpft. In Nordrhein-Westfalen gibt es neben Bayern bislang die meisten Corona-Fälle, während Sachsen noch fast verschont geblieben ist. Der Abend startet pünktlich – was ich von Kulturveranstaltungen nicht gewohnt bin - und wird von einem lustigen Sachsen mit Glatze moderiert, dessen Namen ich vergessen habe. In der Pause probiere ich eine Gose, ein obergäriges Bier, wie mir der freundliche Mann hinter der Theke erklärt. Ich finde den säuerlichen Geschmack gewöhnungsbedürftig und frage nach Himbeersirup.

Am nächsten Tag schließe ich mich einer organisierten Tour in die Außenbezirke an. Der Bus ist trotz der abgesagten Messe fast voll und bei den einzelnen Sehenswürdigkeiten drängen wir uns um die Stadtführerin, als übertrage sich das Virus über kompliziertere Wege als Tröpfchen. Ich besuche Lesungen in der Gedenkstätte „Runde Ecke", wo zu DDR-Zeiten die Bezirksverwaltung der Staatssicherheit residierte. Weil ich wegen meiner Flucht vor dem kalten Wind viel zu früh eintreffe, entdecke ich noch das im selben Gebäude untergebrachte Schulmuseum. Dieses absichtslose Umher-schweifen ist das Schönste am Unterwegssein! Vor einigen

Monaten stieß ich - bezeichnenderweise unbeabsichtigt - auf den Begriff „Serendipität" für das Finden von ursprünglich nicht Gesuchtem. Statt mich in die touristischen Hotspots wie Nicolaikirche, Gewandhaus und historische Passagen zu vertiefen, lasse ich mich treiben. Ich genieße das vertraute Gefühl angstlosen Fremdseins und bin froh, mich trotz Corona auf den Weg gemacht zu haben.

Corona

Wie immer auf Reisen verfolge ich morgens vom Hotelbett aus das Frühstücksfernsehen, wo sich das Virus langsam aber sicher seinen Weg in die Topmeldungen der Nachrichten bahnt. Nach Sachsen-Anhalt kündigt auch Sachsen Schul- und Kita-Schließungen für die kommende Woche an. Trotzdem bin ich guter Dinge; Corona hat meine persönliche Hirnschranke noch nicht überschritten, vielleicht, weil es bislang keine Katastrophe gab, die sich direkt auf mein Leben ausgewirkt hätte. „Corona" – ich denke dabei vor allem an das mexi–kanische Bier, allenfalls an ein Sternbild. Auf „a" auslautend, scheint mir das Wort durchaus auch burschenschaftstauglich: Alania, Gothia, Rheno-Palatia, Teutonia…warum nicht auch

Corona! Im Frühstücksraum ärgere ich mich aller Gelassenheit zum Trotz über das Pärchen am Nebentisch. Beide sind stark erkältet, holen im Minutentakt ihre Taschentücher hervor und machen sich dazwischen immer wieder zum Buffet auf. Später erfahre ich, dass Schnupfen bei der neuartigen Viruserkrankung nur ein seltenes Symptom ist.

Am letzten Tag meines Kurzurlaubs spaziere ich bei klarem Wetter durch den Clara-Zetkin-Park, der sich groß und fast menschenleer vor mir ausbreitet. Nur eine Gruppe Kitakinder kommt mir entgegen. Alle tragen Zipfelmützen.

„Ihr habt schicke Mützen", sage ich. „Mir sin joo ooch Wischdel!", klingt es aus dem Mund des Erziehers, der als Einziger keine Zipfelmütze trägt. Ich denke an das Morgen–magazin. Es wird vorerst der letzte Kita-Tag der Wichtel sein.

Anschließend durchstreife ich ganze Stadtviertel mit unzerstörten Häusern aus der Gründerzeit. Als Mensch aus einem westdeutschen Ballungsraum genieße ich den Platz und die Weitläufigkeit des Ostens. Sobald wie möglich möchte ich zurückkehren. Vielleicht suche ich mir für eines der langen Mai- oder Juniwochenenden eine Airbnb-Wohnung im Waldstraßenviertel.

Gleich am ersten Arbeitstag nach meiner Rückkehr verbietet

das Jobcenter den Publikumsverkehr. Da auch Sprachschulen und Weiterbildungsträger geschlossen haben, könnten wir unseren Kunden – Flüchtlinge und Migranten – ohnehin keine Angebote machen. Nachdem ich alle Termine abgesagt habe, kündigt eine Rundmail allen Mitarbeitern Homeoffice in nie gekanntem Umfang an. Meiner Fantasie wachsen augenblicklich Flügel, die mich an die Ostsee tragen, wo ich in einer Kate mit WLAN, Schreibtisch und Meerblick residiere und nach getaner Arbeit auf endlosen Strandspaziergängen nach Bernstein suche. Eine Kollegin besorgt mir Schutzmasken, als ich ihr von meiner Mutter erzähle, die aufgrund ihres Alters und zahlreicher Vorerkrankungen zur Hochrisikogruppe gehört. Beim Anprobieren ertaste ich den kleinen Draht, der zur Anpassung an die Nase stets oben sein muss. Diese Regel hat sich mir eingebrannt, seit ich zum ersten Mal die Intensivstation betrat, wo mein Vater um sein Leben kämpfte.

Von Hanno, der mich damals regelmäßig ins Krankenhaus begleitete, bin ich mittlerweile getrennt. Wir sehen uns aber regelmäßig und beschließen, das schöne Wetter für einen Ausflug ins Bergische zu nutzen. Mitten in der Woche sind Heerscharen junger Leute unterwegs, vermutlich funktioniert das Homeoffice noch nicht überall. Als uns nach zwei Stunden

Wanderung die Füße schmerzen und wir in unser Lieblingscafé einkehren möchten, sagt uns an der Tür ein Schild, dass ab dem 17. März Gaststätten in Nordrhein-Westfalen bereits am frühen Nachmittag schließen müssen.

Shutdown

Mitte März stuft das Robert-Koch-Institut die Gesundheitsgefährdung der Bevölkerung als „hoch" ein. Bundesweit sind nun mehr als 6000 Menschen mit dem Coronavirus infiziert. Am 22. März verkündet die Regierung den Shutdown mit umfassenden Abstandsregeln und Kontaktbeschränkungen. In der Öffentlichkeit darf man sich - unter Wahrung eines Mindestabstands von 1,5 bis 2 Meter - nur noch mit einer „nicht zum Haushalt gehörenden" Person treffen. Alte Menschen und andere gefährdete Gruppen sollen nach Möglichkeit nicht besucht werden. Eine Maskenpflicht wird nicht ausgesprochen, weil der Nutzen umstritten und der Markt leergefegt ist. Kanzlerin Merkel empfiehlt jedoch das Tragen einer „Community-Maske". Meine Masken bleiben abgesehen von Autofahrten mit meiner Mutter fast ungenutzt im Handschuhfach liegen. Neben vielen Veränderungen ist mit dem Shutdown auch das Einkaufen komplizierter geworden. Anfangs betrete ich den Supermarkt noch unbekümmert ohne Einkaufswagen und rücke an der Kasse einer anderen Kundin zu dicht auf die Pelle. Sie wirft mir einen kurzen, indignierten Blick zu, schweigt aber. Es braucht Zeit, die neuen (Abstands)Regeln zu verinnerlichen. Viele tun sich damit offenbar leichter als ich. So werde ich auf dem Rückweg vom Einkaufen Zeugin eines Kaffeeklatsches der besonderen Art: Ein älterer Mann steht auf dem Bordstein vor einem geöffneten Fenster und unterhält sich angeregt mit der Frau auf der anderen Fensterseite. Beide halten Kaffeetassen in ihren Händen und bedienen sich von Zeit zu Zeit vom Plätzchenteller auf dem Sims.

Mit dem „Homeoffice" am Meer wird es nichts, Hotels und Restaurants sind überall geschlossen und viele Bundesländer erklären Besucher aus anderen Gegenden Deutschlands für unerwünscht. Immerhin bleibt die Grenze zu den Niederlanden offen und ich gewinne meine Freundin Mareike für einen Tagesausflug an die Maas. Leider kneift sie im letzten Moment, weil sie im Auto den gebotenen Mindestabstand nicht gewahrt sieht. Ich sitze fest!

Der Himmel über Corona

Obwohl das schöne Wetter kein Ende nimmt, sind Parks und Straßen in den ersten Tagen des Shutdowns nahezu ausgestorben, als verharrten die Menschen in einer Art Lähmung. Aus der Nachbarschaft klingt, anders als an gewöhnlichen Sonnentagen, weder Kinderlachen noch Geschrei, auch im Garten der Tagesmutter einige Häuser weiter bleibt es ruhig. Von der Straße dringt nur selten das Geräusch eines Autos. Endlich Stille! Triumphierend sitze ich jeden Nachmittag umgeben von dicken Zeitungen, Kaffee und Gebäck auf der Terrasse. Ich betrachte den Himmel, den keine Kondensstreifen zerschneiden und nur wenige Flugzeuge queren. Im Garten scheint es mehr Vögel zu geben als sonst. Am Teich hat sich eine Elster zum Trinken niedergelassen, aus sicherer Entfernung von einer Kohlmeise beobachtet. Begleitet von einem metallischen „Tsi-da, Tsi-da" hebt sich der kleine Vogel unvermittelt in die Lüfte und landet in der hellrosa blühenden Zierkirsche, wo er offensichtlich schon von Artgenossen erwartet wird. Munter hüpfen sie von Ast zu Ast, „pfeifen, zwitschern, tirilieren", kommt mir ein Frühlingslied meiner Kindheit in den Sinn. Endlich gönne ich mir die schon lange anvisierte Anhängerkupplung mit Fahrradträger und fahre nach der Arbeit und am Wochenende fast unentwegt durch die Umgebung, immer mit eigenem Proviant. So muss es früher gewesen sein. Man verpflegte sich selbst, das Eis am Kiosk oder eine Bockwurst waren kleine Besonderheiten. Einmal, ich fahre von Bonn in Richtung Süden, traue ich meinen Augen nicht. Die Fähre! Ich bin davon ausgegangen, dass sie ihren Betrieb eingestellt hat, aber jetzt sehe ich sie schneeweiß mitten auf dem bewegten Fluss schaukeln. Bald darauf schiebt sich ihre Rampe mit einem Scheppern auf den Beton der Anlegestelle. Als ich dem Fährmann 1,50 Euro auf die behandschuhte Hand lege, schießen mir Tränen in die Augen. Wenn die Fähre verkehrt, bedeutet das ein bisschen Normalität.

Zeitreise

In der Mittagspause vertiefe ich mich in einer nahegelegenen Tankstelle in ein Magazin und vergesse darüber die Zeit. Irgendwann sagt der Verkäufer, zwar nicht zu mir, aber deutlich für meine Ohren bestimmt, dass momentan niemand eintreten könne, weil die Kapazität von zwei Kunden, die sich gleichzeitig im Laden aufhalten dürfen, erfüllt sei. Sofort lege ich das Magazin zurück und bezahle meinen Eistee. Beim Hinausgehen ziehe ich an einer kleinen Warteschlange vorbei, die freundlicherweise von Schmähungen absieht.

Überall wird man in diesen Tagen vertrieben. Überall gilt es anzustehen, zu warten, Taktiken zu entwickeln, um eine Packung Mehl, eine Dose Maggi-Ravioli und, ja, Toilettenpapier zu erhaschen. Hefe gibt es wie zu Tante Emmas Zeiten von einem Riesenstück abgeschnitten und obendrein rationiert an der Bedientheke. Es ist ein überschaubarer, begrenzter Mangel und für mich, nach dem Krieg im Westen Deutschlands Geborene, eine neue Erfahrung. Für Ältere ist es, je nachdem, ob sie im Westen oder Osten aufgewachsen sind, eine Zeitreise von 75 oder 30 Jahren. Manches am neuen Einkaufen gefällt mir: So ist es schön, in weniger vollen Läden einzukaufen und die Aufmerksamkeit des Personals zu genießen, als Kunde wieder König zu sein!

Was den Mangel an Toilettenpapier betrifft, hat Sandra, eine Freundin aus Studienzeiten, ihre eigene Lösung gefunden: Eine „Podusche"! Die hat sie sich vor einigen Wochen im Internet bestellt und beteuert, sehr zufrieden mit dem Reinigungsergebnis zu sein.

Entdeckungen

Die Radio-Podcasts der Virologen Kekulé und Drosten werden mir ebenso wie die Pressekonferenzen des Robert-Koch-Instituts zu treuen Begleitern. Kekulé ist weniger dozierend als seine Kollegen und mir daher am sympathischsten. Er erzählt lebendig und streut immer mal private Anekdoten in seine Berichte ein. Allerdings hätte er den Zuhörern Details seiner Hygienemaßnahmen besser erspart! Oder interessiert es irgendjemanden, dass er sich die Hände nicht nur nach, sondern auch vor dem Toilettengang wäscht? Naturwissenschaftlich von Natur aus desinteressiert, lerne ich immerhin einiges über den Aufbau von Viren, erfahre von Zoonosen und Herdenimmunität. Ich bestelle bei medimops sogar ein antiquarisches Standardwerk zur Virologie. Es ist aufregend, sich ein neues Wissensgebiet zu erschließen und Zusammenhänge zu entdecken!

Mit dem Rad erkunde ich die Berrenrather Börde, ein rekultiviertes Hochplateau gerade einmal 10 km Luftlinie von meinem Haus entfernt. Ich habe die Gegend schon einige Male durchquert, aber erst jetzt nehme ich mir unter tiefblauem Himmel die Zeit, an Bauernhöfen, braunen Äckern und gelbblühenden Rapsfeldern entlangzufahren und mich an der weiten Sicht zu erfreuen. Hin und wieder begegnen mir ein paar Wanderer, wir grüßen uns mit einem Lächeln, als wären wir Verbündete.

Ich steige vom Fahrrad, drehe mich langsam um die eigene Achse und kreiere so mein eigenes Panoramabild. Im Norden sehe ich Kühltürme und Schlote der Kraftwerke, im Osten verdeckt ein Wald die Sicht, aber von einem Hochstand aus ließe sich gewiss der Kölner Fernsehturm ausmachen. Südöstlich ragen die Kuppen des Siebengebirges hervor, im Südwesten zeichnet sich bläulich die Eifel ab und Richtung Sonnenuntergang erhebt sich die Sophienhöhe, ein künstlicher Berg. Früher hat mich ihre Form an das Karmelgebirge und der Tagebau zu ihren Füßen an die israelische Negev-Wüste erinnert. Es war in der Phase zwischen Abitur und Familien–gründung, als ich von Kibbutzarbeit und Ausgrabungen bis hin zum Auslandssemester alles ausschöpfte, was Israel zu bieten hatte. Während der Durststrecken zwischendurch träumte ich mich oft dorthin weg.

Ich drehe mich weiter, immer schneller, bis mir schwindelig wird und ich auf die sonnenwarme Erde neben dem Acker sinke, wo mich ein tiefes Heimatgefühl durchflutet. Alles ist so klar und ruhig.

Seit dem Shutdown verbringe ich einen großen Teil meiner

Freizeit an der frischen Luft. Die Abende sind mit Fernsehen und Lesen gefüllt. Einmal entdecke ich in einem Magazin das millionenfach vergrößerte Modell des Coronavirus. Ein Künstler hat es aus einer von trübem Cellophan umhüllten Kunststoffkugel geschaffen, aus der Nägel ragen. Das Original wird vermutlich ebenso in das kollektive Gedächtnis der Menschen eingehen wie das Bild der einstürzenden Zwillingstürme oder des toten Flüchtlingskindes Alan Kurdi an einem türkischen Strand.

Pikuach Nefesh

Chaim, ein israelischer Freund, schreibt, dass er und seine Familie sich außer zu Einkäufen und Arztbesuchen nur noch 100 Meter vom Haus entfernen dürfen. Mein Interesse ist geweckt: Über Youtube verfolge ich fortan die Corona-Berichterstattung des Magazins „Caan", die neben den Podcasts deutscher Virologen einen weiteren Eckpfeiler meines Tagesablaufs bildet. Obwohl die Infektions- und Todeszahlen in Israel im Verhältnis zur Bevölkerung niedriger sind als in Deutschland, sind die Ausgangsbeschränkungen dort viel strenger. Besonders stark betroffene Städte und

Viertel werden komplett abgeriegelt. Während des einwöchigen Pessach-Festes verhängt die Regierung sogar eine völlige Ausgangssperre über das ganze Land. Soldaten und Polizisten in martialisch anmutender Schutzmontur patrouillieren durch die Straßen. Vielleicht ist die israelische Öffentlichkeit mehr an Ausnahmezustände gewöhnt - mir erscheint das starke Aufgebot unverhältnismäßig. Sind Epidemien in einem kleinen Land grundsätzlich schwerer beherrschbar? Liegt es an einer geringen Zahl an Intensivbetten oder der Furcht, Gegner könnten das Chaos einer aus dem Ruder laufenden Infektion zu ihrem Vorteil nutzen? Ist es die Wertschätzung gegenüber einer alten Generation, darunter die letzten Holocaust-Überlebenden, welche das Land aufgebaut hat?

Möglicherweise spielt auch die im Judentum tief verankerte absolute Priorität des Lebens, „Pikuach Nefesh", eine Rolle. Übertragen meint es „Rettung aus Lebensgefahr", die wörtliche Bedeutung ist jedoch „Wache über die Seele". Ich glaube, die Seelen kommen momentan überall auf der Welt zugunsten des Körpers zu kurz. Andererseits: Was ist eine Seele ohne Körper?

Mama

Mama - immer besser kann ich mich in ihre Lage, die sie mit so vielen einsamen alten Menschen teilt, hineinversetzen. Seit dem Tod meines Vaters und mehreren Rücken-Operationen lebt sie in einer Art Dauerquarantäne. Schmerzen sind ihr ständiger Begleiter, nur mit Mühe und gebeugt bewegt sie sich mit dem Rollator durch ihr Haus. Sechsmal pro Woche kommt für einige Stunden eine Haushaltshilfe, die so viel mehr leistet, als Putzen und Einkaufen. An Freundinnen ist ihr nur Inge geblieben. Sie telefonieren mehrmals in der Woche, zu Besuch kommt Inge jedoch nicht mehr, seit sie ihren Partner pflegt. Dennoch erweist sich Mamas Entscheidung, nicht in eine Seniorenwohnanlage zu ziehen, spätestens in der Pandemie als richtig: Es gibt momentan keinen gefährlicheren Ort als ein Pflegeheim – und keinen traurigeren. Schon seit Mitte März dürfen die Bewohner dort keinen Besuch mehr empfangen.

Mit ihren 82 Jahren, einem chronischen Lungenemphysem sowie Diabetes und Bluthochdruck, könnte die Infektion mit dem Coronavirus für Mama sehr gefährlich werden. Trotzdem einigen wir uns darauf, dass ich sie, manchmal mit einem meiner erwachsenen Kinder, weiterhin jedes Wochenende besuche. Manchmal spielen wir Rummykub und berühren dieselben Steine. Meine Nachbarin schüttelt darüber verständnislos den Kopf und erzählt, dass bei Knobelrunden mit ihrem alten Vater jeder seinen eigenen Becher hat. Sicher war es gut, ihr zu verschweigen, dass wir auch aufs Maskentragen und Desinfizieren verzichten. Es mag an– maßend klingen, aber es passt nicht zu uns!

Immerhin betritt Mama zur Zeit keinen Supermarkt, wofür ihre Kraft ohnehin nur an guten Tagen reicht. Wir beide finden, dass zu viel Augenmerk auf die physischen Gefahren des Virus gelegt wird. Geht es wirklich nur um die Länge des Lebens? Ist es nicht viel wichtiger, so weit wie möglich am Leben teilzuhaben? Was sind ein paar Monate mehr oder weniger, ein Jahr oder zwei? Und ist der Tod an Corona unan– genehmer als ein anderer Tod?

Meine Freundin Sandra führt noch einen anderen, von mir bisher nicht bedachten Aspekt ins Feld: Das Virus wird nach dem Shutdown nicht verschwunden sein. Bis zum Impfstoff wird die Ansteckungsgefahr für unsere Mütter fortbestehen, was wiederum bedeutet, dass wir Hygienemaßnahmen und Isolation über Monate, wenn nicht Jahre aufrechterhalten müssten. Viele Betroffene dürften ihre Angehörigen dann vor ihrem Tod nicht mehr unmaskiert zu Gesicht bekommen. Sandra und ich finden, dass es vor allem darum geht, eine

Infektion am Anfang der Pandemie zu vermeiden, wenn Intensivstationen vielleicht überlastet, Besuche und im schlimmsten Fall der Abschied von einem geliebten Menschen nicht möglich sind.

Das Ende. Ich habe dabei immer an einen „individuellen" alters- oder krankheitsbedingten Tod gedacht. Das Massen-sterben infolge einer Epidemie hingegen hat etwas Fremdes, Unglaubwürdiges, das ihm fast schon wieder den Schrecken nimmt. Es kann nicht sein! So sterben wir nicht mehr in unseren Breiten!

Die Strengen

Ich reduziere mein Homeoffice, das ich zwischenzeitlich ausgeweitet hatte, und fahre lieber ins Büro, der sozialen Kontakte wegen. Viele Aktivitäten wie Koch- und Litera-turgruppe sind weggebrochen, ebenso die Trainingsein-heiten im Fitnessstudio und Restaurantbesuche. Obendrein spaltet sich mein kleiner Freundeskreis in zwei Lager. Da sind die Strengen, die das Haus außer zu Zwecken der Arbeit oder des Einkaufs nicht oder nur unter großen Sicherheitsvorkehrungen verlassen. Sie sind für Treffen nicht mehr verfügbar. Ihr unausgesprochener Vorwurf an mich lautet „unbekümmert". Die Strengen sind gegenüber den weniger Strengen in der besseren Position, wissen sie doch die Anordnungen des Shutdowns auf ihrer Seite.

Das Muster, demzufolge Menschen, die sich festen Regeln verpflichtet fühlen, von anderen Rücksichtnahme erwarten, lässt sich auch jenseits von Corona in vielen Lebensbereichen beobachten: Unhinterfragt muss ich mir mehrmals täglich das Kirchengeläut anhören, weil es die Religionsausübung einer zur Minderheit geschrumpften Bevölkerungsgruppe erfordert, die es umgekehrt nicht erträgt, wenn ich am Karfreitag den Rasen mähe oder tanzen gehe. Das Prinzip funktioniert überall ähnlich. In Israel denkt und lebt – noch - die Mehrheit der Bevölkerung säkular, aber die (ultra)orthodoxe Minderheit bestimmt einen guten Teil des öffentlichen Lebens: Zivilehen sind verboten, nicht-orthodoxe Konversionen ungültig und selbstverständlich ruht am Shabbat im ganzen Land der öffentliche Personenverkehr. Zu Pessach werden in nahezu allen Supermärkten mit Rücksicht auf die strenggläubige Kundschaft gesäuerte Produkte – darunter fallen neben Brot u.a. Müsli, Kekse und Nudeln - mit Kunststoff-Folien bedeckt und sind für den Verkauf tabu. Darüber hinaus genießen Ultraorthodoxe zahlreiche

Privilegien. So können sich die hut- und lockenbewehrten Männer ohne größere Schwierigkeiten vor dem Militärdienst drücken, um sich ganz dem Studium heiliger Schriften zu widmen.

Der Vergleich der weltanschaulich Strengen mit den Strengen in einer Pandemie hinkt natürlich. Während die einen selbst erdachten Glaubenssätzen folgen, ziehen die Corona-Strengen Konsequenzen aus einer objektiv bestehenden Gefahrenlage.

Ich für meinen Teil bleibe gelassen, informiere mich gründlich bei Kekulé und Co. und lege dann über alles die Decke meines „gesunden Menschenverstandes", die mich immer gewärmt und selten im Stich gelassen hat.

Mindestabstand

Ich gehe mit Bettina spazieren. Sie ist, was ich nicht ahnte, eine Strenge und geht am rechten Wegrand, den Fuß schon fast im Kohlrabifeld. Mich bittet sie, ganz links zu laufen. Wir müssen laut sprechen, um uns zu verständigen und andauernd Radfahrern ausweichen. Ich fühle mich unwohl, was ich ihr mitteile, und zurückgewiesen, was ich ihr nicht mitteile.

Bettina versteht nicht, warum ich ihrem Bedürfnis nach größerer Sicherheit nicht nachkommen möchte, ihr Partner gehört doch zur Risikogruppe (mittlerweile scheint es, dass 50% der Bevölkerung irgendwie besonders gefährdet sind) und Eltern hat sie auch. Bettina beendet den Spaziergang. Sei's drum! Kompromisse um jeden Preis mache ich schon lange nicht mehr! Wir werden es nach Corona wieder versuchen.

Ich fühle mich in diesen Tagen häufig kaltgestellt und als Opfer übertriebener Panik. Sollen sie ihre Türklinken und Arbeitsplatten mehrmals täglich desinfizieren und im Wald aus Furcht vor Aerosolen bei jedem vorbeiziehenden Jogger die Luft anhalten! Sollen sie im Supermarkt Handschuhe und Mund-Nasenschutz (dessen Plural ist mir noch immer ein Rätsel; heißt es Schutze, Schütze oder vielleicht doch Ge-schütze?) anziehen und meinetwegen zusätzlich eine Schutz-brille aufsetzen! Eine tiefe, unverhältnismäßige Wut steigt in mir auf. Sie lässt mich vergessen, wie zugewandt meine Freunde oft sind und, ja, tolerant gegenüber meinen Eigenheiten. Wahrscheinlich müsste ich ihrer Vorsicht wohl-wollender begegnen.

Immer öfter gelingt es mir aber, Dinge weniger persönlich zu nehmen und abzuwarten. Vielleicht drücken viele Menschen zunächst radikal auf die Bremse. Sie leisten sich gewissermaßen ihren privaten Shutdown, um Zeit zu gewinnen und sich zu orientieren. Wenn sie sich sicherer oder von der eigenen Disziplin überfordert fühlen, werden sie hoffentlich die Maßnahmen lockern.

Die weniger Strengen

Glücklicherweise gibt es auch die anderen, weniger Strengen, mit denen sogar ein Treffen in den eigenen vier Wänden möglich ist. Zu ihnen gehört mein Freund Andreas. Sonst pausenlos unterwegs, leidet er besonders unter der sozialen Isolation. Bei seiner Ankunft witzeln wir, dass er sein Fahrrad nicht vor dem Haus parken sollte und überlegen, lieber die Rollladen herunterzulassen, falls die „Corona-Polizei" auf Streife ist.

Sandra lädt mich zu einem selbstgemachten griechischen Buffet ein, dazu trinken wir Lato Rosé, den ich von meinem letzten Kreta-Urlaub mitgebracht habe. Auf ihrem Wohn–zimmertisch hat sie ein Fläschchen Desinfektionsmittel plaziert, „damit du dich sicher fühlst", wie sie grinsend erklärt. Sandra kennt meine Einstellung zu übertriebener Hygiene. „Nur keine Umstände", entgegne ich. „Kekulé sagt, die Bedeutung von Schmierinfektionen wird überbewertet!"

Wir brechen in schallendes Gelächter aus.

Wörtersammeln

Ich beginne, die israelischen Nachrichten mit Stift und Schreibblock zu verfolgen und lege ein „Milon Hacorona", ein Corona-Wörterbuch an. Die ersten Seiten füllen sich mit Begriffen wie Masecha (Maske), Mishpacha Gar'init (Kernfamilie), Mechonat Hanshama (Beatmungsgerät), Ma'akav Digitali (digitale Nachverfolgung) und – natürlich – Hesger (Ausgangssperre)! Später folgen mittelständische Unternehmen, schrittweise Erleichterungen, Kredite und Kinderbetreuung. Dennoch: Vorrang hat immer „Pikuach Nefesh", die Wache über die Seelen, die eigentlich eine Wache über den Körper ist. Oft vergesse ich beim Wörtersammeln die Welt um mich herum. Dann kehren neben dem einschlägigen Pandemie-Vokabular längst vergessene Verben und Rede-wendungen zurück, denn eine Ausgangssperre muss verhängt, ein Mensch beatmet werden und genesen, Tote bestattet werden. Hebräisch schwebt jetzt ganztägig durch meinen Kopf und wird in meinen Selbstgesprächen wieder jederzeit abrufbar.

Wenn alles vorbei ist, möchte ich mit meiner älteren Tochter Hannah, die sich als Einzige meiner drei Kinder für das Land interessiert, unbedingt nach Israel fahren.

Trigger

Es wird abends viel zu spät dunkel und morgens zu früh hell! Ohnehin eine Lerche, wache ich nun mit dem ersten Vogelzwitschern auf und gehe nicht selten kurz nach Sonnenuntergang ins Bett. Das dumpfe Gefühl, „über-schlafen" zu sein legt sich über mich. Es sitzt irgendwo zwischen Stirn und Schädeldecke, tut nicht weh und entsteht wohl aus Leerlauf, Lähmung und Einsamkeit.

Um meine Gesundheit mache ich mir keine Sorgen; ich gehöre keiner Risikogruppe an und habe gute Chancen auf einen leichten Krankheitsverlauf. Aber wird meine Seele alles unbeschadet überstehen? Corona wiederholt ein Trauma am Lebensanfang. Es „erinnert" an die unendliche Verlassenheit des Babys, das, kaum geboren, zwei lange Monate im Plexiglasbettchen einer Klinik liegt, satt und sauber gehalten von vermummten Menschen, die es weder greifen noch berühren kann. Die zunächst vermutete Krankheit stellt sich als Irrtum heraus, aber da habe ich mir schon ein gefährliches Krankenhausvirus gefangen, an dem ich fast zugrunde gegangen wäre. Nein, diese Geschichte soll mich nicht einholen, selbst wenn sich der Shutdown über Monate zieht. Anders als das Baby bekomme ich jetzt Erklärungen, kann Dinge einordnen und verarbeiten. Wie die Geschichte damals wird auch diese einen guten Ausgang nehmen!

Ich versuche es mit der Aussicht auf etwas Schönes: Sobald die Geschäfte öffnen, ist mein erstes Ziel die Buchhandlung. Vielleicht muss ich ein Märkchen ziehen und mich in eine Schlange einreihen, weil nur eine begrenzte Anzahl Menschen gleichzeitig im Laden sein darf. Aber dann überschreite ich die Türschwelle, augenblicklich strömt mir warme Luft entgegen. In der Roman-Abteilung lasse ich die Coverbilder auf mich wirken, nehme nach einer Weile ein Buch in engere Wahl und schaue mich kurz um. Als mich niemand beobachtet, bohrt sich ein Mittelfinger in die Schutzfolie und ich genieße das Geräusch platzender Kunststoffhaut, bevor mich die ersten Zeilen in ihren Bann ziehen.

Am Ende des Tagtraums sitze ich wieder auf der heimischen Terrasse, wo ich die unentwegt scheinende Sonne und das muntere Vogelzwitschern eher als Beleidigung denn als stimmungsaufhellend empfinde. Aus dem Garten drei Häuser weiter klingt Kinderlachen. Die Nachbarn haben es nicht mehr ausgehalten und für ihren Sohn Spielfreunde eingeladen. Auch im Hof des Mehrfamilienhauses gegenüber wird es seit einigen Tagen lebhafter, obwohl das Kontakt–verbot zu mehr als einer Person aus einem anderen Haushalt fortbesteht. Kurz trage ich mich mit Blockwartfantasien.

Was, wenn mich das Virus mild erwischt? Die dann fällige Quarantäne dauert von Symptombeginn bis zum Abklingen der Krankheitszeichen rund 14 Tage. Würde ich es schaffen, nicht mehr aus dem Haus, allenfalls in den Garten zu gehen? Ich entwerfe Ausbruchsszenarien, sehe mich den Supermarkt kurz vor Ladenschluss mit Maske und Handschuhen betreten und irgendwo in der Pampa eine Radtour machen.

„Du spinnst", sagt meine jüngste Tochter Miriam, die ihr Semester in Karlsruhe wegen Corona unterbrechen musste und für einige Zeit bei mir wohnt.

An Schlechtwettertagen könnte ich im Schlafzimmer einen neuen Teppichboden verlegen. Bei meinem handwerklichen Geschick dürfte die Quarantäne dann gut und gerne 40 Tage dauern. Fast wäre es besser, mittelschwer zu erkranken. Dann müsste ich mir um meine Freizeitgestaltung keine Gedanken machen und bis ich wieder aus den Augen gucken könnte, wäre die Quarantäne schon vorbei.

„Du spinnst wirklich, Mama!"

Zumindest über Ostern müsste es doch Lockerungen geben, fantasiere ich. Von den Politikern und Virologen scheint das niemand ernsthaft in Betracht zu ziehen, im Gegenteil: Das schöne Wetter würde zu Leichtsinn und Übermut verleiten und das Erreichte gefährden. Die Kanzlerin appelliert an die Bürger, zuhause zu bleiben und von Reisen durch die Republik abzusehen.

Immerhin gibt es in Deutschland anders als in Israel über die Feiertage keine Verschärfungen.

Dankbarkeit

Häufig beschäftigt mich die Frage, warum nicht nur Individuen, sondern auch Länder so unterschiedlich auf das Virus reagieren. Beispiel USA: Dort herrscht trotz hoher Infektions- und Sterberaten eine starke Tendenz zur schnellen Beendigung des Shutdowns. Ich denke, dies ist nicht allein der Verrücktheit des Präsidenten geschuldet, sondern hat seine Wurzeln tief in der amerikanischen Mentalität. Jugend,

Zukunftsgewandtheit, Wachstum und persönliche Freiheit sind fester Bestandteil des US-amerikanischen Gründungs-mythos und Wertesystems. Fast folgerichtig fällt die Bereit-schaft, sich über Wochen und Monate von einer Pandemie bremsen zu lassen, geringer aus als in den meisten euro-päischen Kulturen.

Ich möchte zurzeit in keinem anderen Land leben als in Deutschland. Nicht in den USA, nicht in Staaten wie Italien, Spanien oder Israel, wo über Wochen strenge Ausgangs-sperren herrschen. Hier kann ich mich relativ frei bewegen, mit dem Rad ins Grüne fahren und auf einer Bank oder einem Baumstamm mein Picknick auspacken. Unterkunft bei Freunden und Mindestabstand vorausgesetzt, dürfte ich mit Auto oder Bahn sogar eine andere Stadt und die meisten Bundesländer besuchen. Auch im Vergleich zu vielen anderen Menschen in Deutschland bin ich privilegiert, denn mich erwartet am Monatsende ein festes Gehalt!

Wenn ich meine komfortable Situation betrachte, durchfährt mich ein Gefühl der Dankbarkeit, in Deutschland und nicht in Weltgegenden zu leben, in denen schon in normalen Zeiten die Ressourcen nicht reichen und ein Menschenleben wenig zählt. Wo Corona nur ein Tüpfelchen auf einem Berg von Problemen und Konflikten ist, das angesichts viel größerer Bedrohungen vernachlässigt werden kann, ja, muss. In die Dankbarkeit mischt sich auch Stolz: An der Spitze meines Landes steht, anders als in manchen, selbst demokratischen Staaten, kein unberechenbarer Hasardeur, sondern eine Riege besonnener Politiker, die zusammen mit den Virologen die Situation unter Kontrolle bringen und die wirtschaftlichen Folgen meistern werden. In manchen Momenten bin ich sogar dankbar, Zeugin dieser besonderen Zeit zu sein!

Immer häufiger erlebe ich „gute Corona-Tage" ohne Nachrichten oder Podcasts. In mein Leben kehrt eine neue Routine ein. Ein bis zweimal Homeoffice pro Woche, ungefähr genauso viele Verabredungen. Einkäufe erledige ich am liebsten morgens vor der Arbeit oder kurz vor Ladenschluss. Samstags oder sonntags fahre ich zu meiner Mutter.

Vieles ist in Fleisch und Blut übergegangen: Das automatisierte Heben des gebeugten Armes bei Husten oder Niesreiz mit gleichzeitiger Seitdrehung des Kopfes, Händewaschen bei der Rückkehr aus dem öffentlichen Raum. Das Warten vor Geschäften, Entgegennahme des desinfi–zierten Einkaufswagens und natürlich Abstandhalten. Die magischen 1,5 bis 2 Meter sind so verinnerlicht, dass wir sie auf der Arbeit auch mit einer Kollegin einhalten, die bereits am Coronavirus erkrankt war!

Die Decke auf dem Kopf

Manchmal jedoch kehrt das Gefühl dumpfer Abgeschlagenheit zwischen Stirn und Schädeldecke zurück, erst recht, seit Miriam zum digitalen Semesterstart nach Karlsruhe gefahren ist. Hannah studiert in Berlin und kommt ohnehin selten zu Besuch. Lediglich Elias, der seine Arbeit auf der AIDA durch die Pandemie verloren hat, wohnt vor—übergehend bei mir. Das Zusammenleben mit seiner Mutter ist ihm unbehaglich, was sich in extremer Wortkargheit äußert.

Freunde und Bekannte scheinen sich mit den Kontakt—beschränkungen leichter zu tun als ich, zumal diejenigen mit Partner. Weil ich niemandem auf die Nerven gehen möchte, erstelle ich eine kleine Übersicht, wann ich wen angerufen oder nach einem Treffen gefragt habe. Meine Schulfreundin Monika steht nicht auf der Liste, aber beim Blättern in alten Fotoalben verspüre ich plötzlich Lust, sie anzurufen. Normalerweise telefonieren wir nur im Vorfeld und kurz nach einem Klassentreffen; danach schläft der Kontakt bis zum nächsten Treffen für gewöhnlich wieder ein.

Monika wohnt in Stuttgart und vertreibt medizinische Produkte. Sie hat in diesen Tagen alle Hände voll zu tun und zudem zwei pubertierende Söhne im Haus. Trotzdem reden wir mehr als eine Stunde. Nachdem wir unsere aktuellen Befindlichkeiten abgehakt haben, nimmt die Zeitreise Fahrt auf. Noch einmal begeben wir uns mit unserem Deutschlehrer auf den Kurztrip nach Hamburg, gehen auf dem Weg ins Theater verloren, schaffen es aber dann doch pünktlich zur Aufführung zum „aufhaltsamen Aufstieg des Arturo Ui". Wir trinken Feuerzangenbowle im Partykeller meiner Eltern und treiben den Rechtskunde-Lehrer, ein kleines Männchen namens Köther, in den Wahnsinn. Nach dem Telefonat fühle ich mich geläutert und habe das Virus für kurze Zeit völlig vergessen!

Zoom

Virtuelle Treffen scheinen das Gebot der Stunde. Ich habe so etwas noch nie gemacht und fremdele stark. „Wenn man sich nicht real treffen kann, verzichte ich lieber ganz", denke ich trotzig. In das von meinem Exmann vor einigen Wochen anberaumte Zoom-Familientreffen habe ich mich nur mit einem Begrüßungs-Hallo eingebracht und das weitere Geschehen aus sicherer Entfernung über Miriams Schulter verfolgt. Als eine (bedeutend) jüngere Kollegin begeistert von virtuellen Cocktailpartys mit ihren Mädels berichtet, denke ich nur „dann Prost!" und sage meine Beteiligung an der Zoom-Konferenz meines Lesezirkels ab. Ohnehin finde ich das ausgewählte Buch öde.

Anders ist es mit den „UnZENsierbaren", der gesamt–deutschen Autorengruppe, die sich letztes Jahr bei einer Schreibwerkstatt im sächsischen Oybin gefunden hat. Am Donnerstag nach Ostern vereinbaren wir, dass jede – wie in solchen Zirkeln üblich sind wir ausschließlich Frauen – einen Text vorbereitet, den wir später live besprechen werden. Ich beschließe, meine Gedanken zu Corona aufzuschreiben und lege sofort los. Die Worte und Sätze fließen nur so und nach einer Stunde habe ich bereits vier Seiten zu Papier gebracht. Am Abend schlafe ich zum ersten Mal nach längerer Zeit im Dunklen ein und wache erst weit nach Sonnenaufgang erholt auf. Meine Begeisterung für das Medium hält sich nach mehreren digitalen Zusammenkünften weiterhin in Grenzen. Es mit den weit über Deutschland verstreuten

„Schreibladys" zu nutzen, fällt mir, da wir uns ohnehin nur selten von Angesicht zu Angesicht sehen können, aber deutlich leichter als mit Freunden aus der Umgebung.

Nachdenken über den Tod

Wenngleich Corona das Überleben der wenigsten bedroht, sollte die Pandemie Anlass sein, sich mit dem eigenen Ende zu beschäftigen. Ich bin mir sicher: Würden mehr Menschen eine reife Entscheidung - beispielsweise in Form einer Patienten–verfügung - treffen, müsste die Gießkanne von Intensivbetten, Beatmungsgeräten und anderen Errungenschaften der Hightech-Medizin nicht undifferenziert über die Republik ausgegossen werden. Denn vermutlich würden sich viele, zumal sehr alte Menschen, gegen eine Lebensverlängerung um jeden Preis entscheiden. Vielleicht ist nicht jedem klar, dass eine künstliche Beatmung über einen längeren Zeitraum kein Klacks ist und viele Betagte und Hochbetagte die Krankheit nach vielen Wochen Intensivstation (ohne die Möglichkeit, einen vertrauten Menschen zu sehen) allenfalls als schwere Pflegefälle überleben werden. Leider ist mir das Thema weder in TV-Nachrichten, noch in Tages- und namhaften Wochen-

zeitungen begegnet. Corona müsste die Zeit der Patienten–
verfügungen sein!

Dornröschen erwacht - Lockerungen

Die Zahl der Neuinfektionen hat sich so weit reduziert, dass
der Shutdown ab dem 20. April schrittweise gelockert wird. In
Nordrhein-Westfalen nehmen die Abschlussjahrgänge der
Schulen den Unterricht wieder auf. Geschäfte mit einer
Verkaufsfläche unter 800qm^2 dürfen öffnen, außerdem
Bibliotheken und Autohäuser. Restaurants und Cafés bleiben
zu meinem Leidwesen weiter geschlossen. Viele Geschäfte
locken mit Angeboten (70% auf Winterkleidung! Alle Winter
möbel müssen raus!), andere starten sofort mit der
Frühjahrskollektion.

Nach der Zeitreise des Mangels und Schlange-Stehens am
Anfang des Shutdowns führen die Öffnungen zurück ins
Westdeutschland des Jahres 1948, als die Währungsreform
über Nacht alles verfügbar machte. Die Menschen konnten
den plötzlichen Überfluss nicht fassen und standen
ehrfurchtsvoll vor vollen, mit so lange Entbehrtem reich
bestückten Schaufenstern.

Im Osten geht die Zeitreise zurück zum 1. Juli 1990, dem Tag der D-Mark-Einführung. Ich erlebte ihn bei Freunden in Rostock. Vor den Spielwarenläden drückten sich Kinder die Nasen platt. Nur eine dünne Glasscheibe trennte sie vom lang erträumten rosa Barbie-Paradies und bunten Playmobil-Landschaften. Wir säumten mit tausenden Anderen die Bürgersteige und betrachteten den langsam vorbeifahrenden Korso farbenfroher Liefer- und Lastwagen, beladen mit den Segnungen westlicher Traditionsmarken. Ein Lastwagen ist mir am nachhaltigsten in Erinnerung geblieben. Mit seiner aufmontierten, überlebensgroßen Bommerlunder-Flasche glich er einem Raketentransporter, der sich in einen fröhlichen Karnevalszug verirrt hatte.

Das Ende des verlängerten Winterschlafs stimmt mich ein wenig traurig, denn mittlerweile habe ich mich trotz wiederkehrender Niedergeschlagenheit ein bisschen in meinem Corona-Cocon eingerichtet. Aber es ist noch etwas anderes: Ich ertappe mich plötzlich auf der Seite der Bremser und Bedenkenträger. Wenn das Virus so gefährlich ist, warum setzt man die Erfolge nun aufs Spiel? Warum so viele Öffnungen auf einmal?

Nach unserem misslungenen Spaziergang vor einigen Wochen reduziert sich der Abstand zu Bettina. Eines

Nachmittags lädt sie mich zum Kaffee auf ihren Balkon ein. Sie stellt Nüsse auf den Tisch, wir bedienen uns gedankenlos, bis mir auffällt, dass wir mit unseren Fingern Speichelreste – also potentiell infektiöses Material - in die gemeinschaftliche Schale tragen. Die Strenge bin jetzt ich!

Am Tag drei der Lockerungen radele ich in die Kölner Innenstadt. Die Fußgängerzonen sind nur mäßig besucht, es fällt nicht schwer, den Mindestabstand einzuhalten. Eigentlich müsste ich den kleinen Fachhandel unterstützen, stattdessen zieht es mich in die Mayersche Buchhandlung. Ich fahre mit der Rolltreppe etwas ruhelos von Etage zu Etage, wo nur wenige Unverdrossene stöbern, blättere hier und dort in einem Buch und lande schließlich in der Reiseabteilung im zweiten Stock. In der Deutschland-Ecke wälzt ein älterer Mann Wanderkarten und schätzt damit die Urlaubsmöglichkeiten in diesem Sommer vermutlich realistisch ein. Auch meine Kaukasus-Reise wird wohl nicht stattfinden; seltsamerweise ist es mir fast gleichgültig. Meine Sehnsucht gilt nicht der Ferne, sondern dem gewohnten Leben.

Auf dem Rückweg passiere ich das Blutspendezentrum am Neumarkt. Ich bin eine nachlässige Spenderin und der letzte Aderlass liegt mehrere Jahre zurück. Jetzt klingele ich ohne Zögern an der Tür. Vor dem Eintreten hält mir eine vermummte Assistentin ein Fieberthermometer an die Stirn.

„Waren sie in den letzten beiden Wochen im Ausland?", murmelt es unter der Gesichtsmaske. Wie sollte ich? Ich verneine. „Waren sie in den letzten beiden Wochen an Corona oder sonst erkrankt?" Wie könnte ich angesichts der strengen Hygiene- und Abstandsregeln? „Nein!" Ich darf eintreten. Zum ersten Mal seit viereinhalb Wochen bekomme ich im öffentlichen Raum Stuhl und Tisch angeboten. Aber es wird noch besser:

„Was möchten Sie trinken?", fragt ein junger Helfer mit maskengedämpfter Stimme, während ich den Fragebogen ausfülle. Ich bin sprachlos. „Vielleicht eine Cola", antworte ich unsicher. „Auch einen Imbiss? Leider haben wir momentan keine belegten Brötchen", fügt er entschuldigend mit Blick auf die ansonsten reich befüllte Stahltheke hinzu. „Nein danke."

An den Nebentischen sitzen in gebührendem Abstand weitere Spender, auch sie mit Getränken, Keksen oder Schokoriegeln versorgt. Fast kommt bei mir ein Restaurant-Feeling auf. Nach der Blutspende darf ich sogar noch auf die Toilette!

Vermummungsgebot

Der Dornröschenschlaf ist beendet, aber die Prinzessin ist mit Maske erwacht. Wachgeküsst von Prinzen wie Jens Spahn, Markus Söder, Armin Laschet und natürlich Kanzlerin Merkel. Am 27. April hat das „Vermummungsgebot" auch Nordrhein-Westfalen eingeholt und ich verteile meinen bescheidenen Bestand - zwei Textil- und drei Einwegmasken - auf Auto, Rucksack und Jackentasche.

Bevor ich den Penny um die Ecke betrete, ziehe ich mir den Mund-Nasenschutz übers Gesicht. Mit den ersten Atemzügen kehren die Gerüche und Geräusche der Intensivstation zurück. Mein Vater liegt verkabelt in einem weißen Bett. Zahllose Kanülen und Schläuche führen aus und zu ihm, Monitore geben Auskunft über alle wichtigen Körperfunktionen. Soweit ist mir das Bild von einer normalen Krankenstation her vertraut. Das Fremde ist der Intubationsschlauch. Er markiert die Grenze zwischen Überwacht- und am Leben-Erhalten-Werden. Als erster in unserer Familie hat mein Vater diese Grenze überschritten. Sein Gesicht ist gerötet und der Kopf etwas nach hinten überstreckt, um dem Intubationsschlauch Raum zu geben. Seltsamerweise schockiert mich die Szene nicht. Ich streichele die alte, fiebernde Stirn und nehme seine

Hand in meine. Wir haben ihn gehen lassen, als es keine Aussicht auf ein würdiges Leben mehr gab. Was ein würdiges Leben für ihn bedeutete, hatte er zuvor schriftlich hinterlassen.

Ich nehme den desinfizierten Einkaufswagen entgegen und mustere das Angebot an Balkonpflanzen vor dem Laden. Vermummte Gestalten ziehen meist zügigen Schrittes an mir vorbei, scheinbar möchte jeder den Einkauf so schnell wie möglich hinter sich bringen. Später vernehme ich zwischen Limetten, Granatäpfeln und Mango die muntere Durchsage „Zeigen Sie unseren Mitarbeitern ein Lächeln!"

Fremde Stadt

Wieder fahre ich in die City, dieses Mal mit dem Auto. Es herrscht ein Überangebot an freien Parkplätzen – ein Traum! Ein Traum auch, dass der Parkautomat außer Betrieb ist. Das Ordnungsamt hätte vermutlich ohnehin keine Kapazitäten zum Aufspüren von Parksündern frei, da es mit der Überwachung der Corona-Regeln beschäftigt ist.

Beim Passieren der Stadtbibliothek fallen mir auf den Boden geklebte Markierungen auf. Ich hebe meinen Blick und schaue ungläubig in erleuchtete Fenster! Vor dem Betreten entscheide ich mich für die schneeweiße Textilmaske, die mein Arbeitgeber in Ausübung seiner Fürsorgepflicht allen Mitarbeitern zur Verfügung gestellt hat. Direkt hinter dem Eingang empfängt mich ein finster dreinblickender Ordnungsmensch. Er betet monoton seine Anweisungen herunter: Die Hände mit Desinfektionsmittel einreiben, in einer ausgelegten Liste Uhrzeit, Namen und Telefonnummer notieren, maximale Verweildauer 20 Minuten. Die Temperatur wird nicht genommen.

Alle, auch die spartanischsten Sitzgelegenheiten sind abgesperrt, überraschenderweise stehen zumindest die Recherche-PCs zur Verfügung. Zielstrebig nähere ich mich dem Regal mit den Neuerscheinungen und entdecke den Roman von Elizabeth Strout. Das Sepia-Cover mit der hohen Atlantikwelle und einem Strandweg gefällt mir. Ein Sicherheitsmann patrouilliert in der gegenüberliegenden Graphic Novel-Abteilung, was mich leicht einschüchtert. Trotzdem lasse ich mir nicht nehmen, nach alter Gewohnheit an neuen Büchern zu schnuppern. Ich klappe das Buch auf und atme tief ein. Der Buchgeruch dringt nur schwach durch die Maske, dafür wecken die eingezogenen Gummibänder Erinnerungen an die Gummitwist-Nachmittage meiner Kindheit und die Nonsenslieder, die wir dazu sangen.

„Empompi Kolonie Kolonastik Empompi. Kolonie!
Akademie Safari Akademie, Puff Puff!"

Später hole ich mir im Imbiss um die Ecke eine Türkische Pizza
und setze mich auf das zugige Treppchen vor der Volks–
hochschule. Mit der Kälte kriecht in der Stadt, die mir seit
einem halben Jahrhundert so vertraut ist, ein Gefühl des
Fremdseins in mir hoch. In meiner Kindheit fuhren wir zwei
bis dreimal jährlich zum Einkaufen nach Köln. Wir stellten das
Auto im Kaufhof-Parkhaus ab und machten unsere Tour
durch die großen Warenhäuser. Mittags gab es Jägerschnitzel
bei Hanemann und manchmal durfte ich mir bei Spielwaren-
Feldhaus ein Puppenkleid oder Murmeln aussuchen. Als ich
später in Köln studierte, traf ich meine Eltern immer am
phallusartig in den Himmel ragenden Brunnen in der
Schildergasse, von uns „Penishorn" genannt. Wer zuerst da
war, wartete auf einem der Steine rund um den Brunnen.
Bestimmt ist der Brunnen jetzt ausgeschaltet und die Sitzsteine
sind mit weiß-rotem Flatterband abgesperrt!

Ich beiße in mein Wrap und rekapituliere die Sicher–
heitsmaßnahmen in der Stadtbibliothek: Erfassung der
Besucher zwecks Datenverfolgung, korrekt soweit. Der am PC
ausgelegte Kugelschreiber, vielleicht nicht ganz unproble–

matisch, aber für eine sinnvolle Nutzung der Bücherei erforderlich. Warum Stühle und Sessel nicht „besessen" werden dürfen, entzieht sich meiner Fantasie und die begrenzte Verweildauer hat niemand überprüft.

Was passiert, wenn sich ein Besucher als infiziert meldet? Werde ich vom Gesundheitsamt zum Test aufgefordert und bis zum Ergebnis in Quarantäne geschickt? Wie oft werden sich solche Alarme wiederholen, wenn es die Tracking-App gibt? Ich sehe mich schon von einer Quarantäne in die nächste stolpern! Der kühle Wind weht mir die ersten Regentropfen ins Gesicht. Desillusioniert mache ich mich auf den Weg zum Auto. In der nächsten Zeit verspüre ich keine Lust, über notwendige Lebensmitteleinkäufe hinaus ein Geschäft zu betreten.

Die Steinschlange

Beim Abendspaziergang durch die Nachbarschaft entdecke ich am Wegrand eine bunte Reihe handbemalter Steine. Auf vielen findet sich ein Regenbogen, im Alten Testament das Symbol für Gottes Versprechen, die Erde nach der Sintflut nicht noch einmal zu vernichten.

Manche Steine tragen Aufschriften wie „Alles wird gut!" oder „Bleibt gesund!" Daneben ermutigt ein Schild, das überraschenderweise noch niemand überkritzelt oder zerstört hat, selbst einen Stein zu bemalen und der Schlange hinzuzufügen. Wie kreativ Menschen werden, wenn das Schicksal ihnen eine Chance dazu gibt!

Auf einem kleinen Spielplatz sitzen zwei jugendliche Mädchen mit Inlinern auf der Bank. Irgendjemand hat schon vor der offiziellen Öffnung vorauseilend die Absperrbänder zerrissen. (Vor einigen Tagen hat Angela Merkel doch tatsächlich das Wort Spielplatz in den Mund genommen. Überhaupt kam in der letzten Zeit viel Ungeahntes über ihre, der nüchternen Physikerin, Lippen. Waschen, putzen, desinfizieren und - Orgien!)

Anders als sonst ist der Ort nicht von Trupps herumlungernder und angetrunkener Jugendlicher bevölkert. Es ist schön, den öffentlichen Raum nicht mit Menschen teilen zu müssen, in deren Nähe ich mich unbehaglich und in meiner Bewegungsfreiheit eingeschränkt fühle. Zurück im Wohngebiet vernehme ich ein zartes, wiederkehrendes Ping-Pong. Auf einer Garagenauffahrt haben zwei Männer mittleren Alters eine Tischtennisplatte aufgebaut und liefern sich ein konzentriertes Match. An einem Samstagabend zur besten Sendezeit, Partyzeit, Kinozeit! Ich schaue ihnen eine Weile zu. In Corona-Zeiten kann man das, ohne Anderen zu nahe zu treten.

Essen gehen!

Mitte Mai ist es endlich soweit: Nach dem Erwachen Dornröschens regen sich nun auch der Koch und das Küchengesinde zu neuer Aktivität. Die Restaurants öffnen! Anders als im Märchen verteilt der moderne Koch keine Ohrfeigen, sondern unterweist den Azubi in Hygiene–vorschriften. Die Küchenhilfen rupfen keine Hühner, wahren aber beim Zubereiten der Speisen den Mindestabstand. Sandra und ich fühlen uns wie Königinnen, als wir unseren Lieblingsmexikaner betreten: Eine Kellnerin mit Mundschutz, die wir als Sofia erkennen, begrüßt uns. Im angeschlossenen Biergarten haben wir die freie Tischwahl, weil viele Menschen offenbar noch Berührungsängste mit der Gastronomie haben.

Bald stehen sich unsere Weingläser in goldgelb und zartrosa gegenüber und wir stoßen auf unseren ersten Restaurantbesuch nach mehr als zwei Monaten an. Die sonst an warmen Abenden übliche drangvolle Enge vermissen wir mit keiner Faser und wären bereit, für diesen Luxus an Platz mehr zu zahlen bzw. seltener essen zu gehen.

Eine Woche darauf öffnet auch mein Fitness-Studio endlich wieder seine Pforten. Wie angenehm es ist, beim Pilates nicht ölsardinengleich Matte an Matte zu liegen! Fenster und Türen sind zur Verhinderung der Aerosolbildung offen und die Musik ist – wohl um die Anwohner nicht zu stören - wohltuend gedämpft.

Gedämpft ist auch weiterhin das Arbeitsleben. Während die Welt überall erwacht, beschränkt sich der Kontakt mit unseren Kunden nach wie vor auf Mails und Telefonate. Manche haben ihre Arbeit verloren oder befinden sich in Kurzarbeit; wenn möglich schicken wir ihnen kurzfristige Stellenangebote als Erntehelfer, Küchenhelfer oder Lagerarbeiter. Corona trifft Migranten und Flüchtlinge noch stärker als andere Gruppen; sie haben oft die schlechtesten Jobs und sind die Ersten, denen gekündigt wird.

Die Welt nach Corona

In der Zeitung fällt mein Blick auf zwei Satellitenbilder. Sie vergleichen den CO_2-Ausstoß über China vor und während der Pandemie. Auf dem zweiten Bild sind die großen rot-orangen Flächen über den Ballungsgebieten zu kleinen Punkten geschrumpft oder ganz verschwunden.

Auch in anderer Hinsicht hält die Krise unserer Gesellschaft eine Lupe vor. Sie zeigt die Vorteile des Home-office und kleiner Schulklassen, wirft ein Licht auf die lange vernachlässigte Digitalisierung und rückt – als ob es dessen noch bedurft hätte – die Wichtigkeit der Pflegeberufe in den Fokus.

Was wird bleiben? Die Erholung der Erde wird kaum von Dauer sein, die Masse der Menschen weiterhin Auto fahren, um den Globus fliegen, billiges Fleisch essen und billige Textilien konsumieren - in der ersten Zeit „danach" vermutlich mehr denn je. Hinzu kommt, dass den Regierungen nach Milliardenausgaben für Gesundheits-schutz, Wirtschaftshilfen und Kurzarbeitergeld für ambitionierte Klimaziele schlichtweg das Geld fehlen dürfte.

Ob Schulklassen künftig kleiner gehalten werden, weil das Abstandsgebot ein paar Wochen lang die Vorzüge übersichtlicher Lerngruppen offenbart hat? Oder Pflegeberufe mehr Anerkennung und im wahrsten Sinne des Wortes Honorierung erfahren, nachdem das allabendliche Beifall-klatschen verhallt ist? Was ist mit den ausländischen

Erntehelfern? Ich muss gestehen, erstmalig über die Situation der meist rumänischen Saisonarbeiter auf unseren Spargel- und Erdbeerfeldern nachgedacht zu haben, als der Widerspruch ihrer Wohn- und Arbeitsbedingungen zu den Corona-Hygienebestimmungen offenbar wurde.

Ich glaube nicht, dass die Pandemie in Politik und Gesellschaft Grundlegendes ändern wird und halte den vielzitierten Spruch „nach Corona wird die Welt eine andere sein" für eine hohle Phrase. Möglichkeiten und Chancen werden ebenso verpuffen wie 1990, als die deutsche Einheit wenig Neues entwickelte und abgesehen vom Ampel- und Sandmännchen nicht viel Ostdeutsches übernahm.

Auch im Märchen von Dornröschen geht am Königshof nach dem Erwachen alles seinen vertrauten Gang. Mit einer Ausnahme: Dornröschen selbst erlebt eine Wandlung! Sie befreit sich aus der erstickenden Liebe des Vaters und wendet sich endlich dem Prinzen zu.

In der aktuellen Krise werden sich eher Einzelne und kleinere Gemeinschaften bewegen und Positives in die Zeit nach Corona hinüberretten. Familien könnten enger zusam-menrücken, Freunde sich öfter zum gemeinsamen Kochabend statt im Restaurant treffen oder einen DVD-Abend mit selbst-gemachten Cocktails veranstalten, statt träge mit einem Eimer

Popcorn im Kinosessel zu verschwinden. Wir alle könnten uns in Zukunft mehr an der frischen Luft statt im Fitnessstudio bewegen, Kräuter anbauen und etwas anderes als Masken nähen. Uns auf die kleinen, einfachen Dinge besinnen. Auf uns selbst.

Abschied

Ich wandere über die Felder meiner Umgebung. Vor oder nach meinem Ausflug hätte ich einkehren können, aber es ist mir überhaupt nicht in den Sinn gekommen. So mache ich am späten Nachmittag auf einem Jägerhochstand Rast und breite neben mir den versunkenen Apfelkuchen und die Thermos—kanne mit heißem Kaffee aus.

Am Himmel zwischen Kölner Fernsehturm und Siebengebirge bewegt sich ein dünner, weißer Strich in Richtung Flughafen. Wahrscheinlich ist es ein Frachtflieger, denn Passagierflüge gibt es kaum, da die Reisewarnungen noch nicht aufgehoben sind. Schon bald aber werden die meisten innereuropäischen Grenzen öffnen und die Kondenszeichen unserer Mobilität wieder den blauen Himmel zerschneiden. Mir werden die Podcasts von Professor Drosten und Kekulé fehlen, vielleicht sogar die Masken, die alles ein wenig dämpfen. Die Zeit des Innehaltens nähert sich ihrem Ende und die Stille wird sich aus unserem Leben davonschleichen.